www.ingramcontent.com/pod-product-compliance
Lightning Source LLC
LaVergne TN
LVHW091238150826
845673LV00003B/1194

المعمرون

دار حروف منثورة للنشر والتوزيع

الطبعة الأولى

الكتاب: المعمرون

المؤلف: صفاء حسين العجماوي

تصنيف الكتاب: رواية

تصميم الغلاف: فريق الدار

تنسيق داخلي: فريق الدار

مراجعة لغوية: خالد الأنصاري

رقم الإيداع: 2021/26535م

الترقيم الدولي:

مؤسس الدار

مروان محمد

مشرف عام السلاسل

صفاء حسين العجماوي

Website: https://horofbooks.com
Fan page: http://facebook.com/horofsbooks
Email: info@horofbooks.com
هاتف جوال: 00201113006296 – هاتف جوال: 00201064054995

كتب حروف منثورة للجيب

سلسلة أكوان للخيال العلمي

العدد الأول

المعمرون

صفاء حسين العجماوي

4

لكل كائن حي عمر مهما طال فلابد أن ينتهي بالموت، ومهما استنفر من طاقته التي تولدها فطرته بحب الحياة إلا أنه يفارقها إلى غيرعودة. قاعدة بسيطة تحكم الحياة في كوننا وهي "إن أي كائن حي محكوم عليه بالموت"، غير أن هذا لم يفت في عضض بعض الكائنات العاقلة المتربعة على عرش الأحياء، لتحارب الموت وتقتنص من براثنه عدة قرون، مؤسسة كيان عملاق يسمى " المعمرون"

"لكل حدث بداية، ولتحديده يستلزم معرفة المكان بأبعاده الثلاثة . في الزمكان المعلوم لنا سلسلة من الأحداث المختلفة المرتبطة أما بأبعاد المكان أو ببعد الزمان، أو بكليهما. ربما انتاب بعضنا الفضول لمعرفة الماضي أو المستقبل، فيتتبع بعد الزمن متقدمًا ومتأخرًا راويًا فضوله، ولكن الصفوة هم من يلهثون وراء معرفة كيف نشأ كل شيء، فيركضون ليس نحو البداية، ولكن لما قبلها، ليروا كيف ولدت بداية كل شيء"

-

١

"سيدتي لقد تم إعداد كل شيء. يمكننا البدء متى شئتي"

صدرت الكلمات عن صوت أنثوي رقيق وحازم، والذي آثر الصمت حتى جاءه الرد على هيئة دقات كعب حذاء رفيع طويل قادمة من الممر الخارجي، فرحب بنفس الحزم والرقة:

- **مرحبًا بالسيدة رقم ستة وستون. أنرت حجرة النسخ، باقي لكِ ستة أيام قبل رحيلك إلى حيث يذهب المعمرون، فهل أنتِ مستعدة؟"**

عبرت البوابة الرمادية المصفحة امرأة طويلة نحيفة بيضاء الشعر والبشرة، ذات ملامح حادة، وجلد ذي كسرات مجعدة، ينافي خصلات شعرها الطويل الناعم الملتف حول رأسها على شكل تاج من الضفائر متعدد الأدوار، ومزين بستة وستون دبوس شعر خافيًا بدايات ونهايات الضفائر.

كانت ترتدي ثوبًا رماديًا كاحل اللون طويل يغطي الحذاء الفضي بالكامل، شديد الضيق عند الخصر حتى لتظنه حيك لدمية لفت عليه حزام على شكل أفعى الكوبرا المصرية[1]،

---

[1] - هي ثعبان من جنس الكوبرات الحقيقية توجد في أفريقيا. يَنمو طولها إلى ما بين 1.6 و2.3 متر. أكثر خصائص الكوبرا المصرية تميزاً رأسها الكبير وعيونها الواسعة وألوانها الكثيرة وفي كثير من الأحيان فيها بقع فاتحة أو غامقة، وغالباً ما تكون علامة "المسيل للدموع قطرة" تحت العين.

وله ياقة مرتفعة على شكل فراشة سوداء مرقطة بالأبيض، وينتفش كخيمة من أسفل الخصر، وشديد الالتصاق بالجسد من أعلاه. منظره متناقض كاسم دلالها الذي تحبه كثيرًا (تناقض).
ظلت تسير بهدوء تستمتع لطرقات حذائها على الأرضية الرمادية المصفحة حتى وصلت إلى الكرسي الموضوع أقصى الركن الأيسر، ثم أجابت بصوت مجهد محمل بغبار

قديما احتلت مكانة خاصة عند المصريون القدماء، وجاءت النقوش والصور في معبد حاتشبسوت بمدينة الأقصر(الأسرة 18) لتظهر لنا مدى تقديس المصري القديم لهذه الزواحف، تلك النقوش تظهر نوعان من الصور لهذه الأفعى، أحدها تظهر قرص الشمس مع الكوبرا ورأسها يعبر من خلال علامة "عنخ"، وهو مفتاح الحياة، وأخرى تتقدم فيها على صقر حورس يرتدي التاج المزدوج لمصر الموحدة. والحقيقة أن "التاج المزدوج" أكبر دليل على أن الكوبرا المصرية كانت ترمز إلى النفوذ والسيادة في العصور الفرعونية السحيقة، حتى أنهم أضافوها إلى التاج الموحد، بجانب طائر الرخمة المصرية، الذي كان يمثل النترت"نخبت" حامية وراعية مصر العليا. وفي عصر الدولة القديمة كان المصريون يقدسون الكوبرا ويضعوها في مصاف النترو، فكانت ترمز إلى النترت"واجيت"، التي أطلق عليها الإغريق إسم بوتو، وهي راعية وحامية مصر السفلي، وكانت شعارا على تاج حكامها، وبعد الوحدة مع مصر العليا أصبحت حامية مشتركة للوجهين القبلي والبحري، وهذا ما ظهر جليا في التاج المزدوج، وكانت النترت "واجيت" تصور على هيئة امرأة برأس ثعبان، أو على شكل ثعبان برأس امرأة، أو كثعبان كامل، أو كامرأة برأس مزدوج على هيئة ثعبانين. وكراعية وحامية، إتخذت واجيت دور حامية "رع"، فظهرت ملفوفة على رأسه، وبهذه الصورة أصبحت رمزا لها في التيجان الملكية أيضا حيث تظهر على جبين ملك مصر، أما أول تصور لها فكان ذلك في عصر ما قبل الأسرات تظهر فيه على هيئة كوبرا تلتف حول ساق البردي، وهو الشكل الذي ظهرت به في أساطير كثيرة من الحضارات المحيطة بالبحر المتوسط، حتى إنها سُميت بـ"صولجان هرمس".

سنوات عمرها الذي قارب السادسة والستين بعد المئة السادسة:" دائمًا أنا مستعدة يا هزاي"

رد الصوت الأنثوي بحماس هذه المرة:" هذا رائع يا سيدتي. يمكننا أن نبدأ في التو، ولكن دعيني أخبرك بقواعدنا"

ضحكت المرأة بصوت مبحوح، فهي على علم بالقواعد التي وضعتها منذ إنشاء تلك الوحدة قبل ستة قرون، ولكن ما المانع من أن تستمع إليها لأخر مرة.

-"سيدتي الغالية هذه هي حجرة نسخ الذكريات الخاصة بكِ، ولا داعي لنسخ ذكريات الأجداد فهي محملة على وعى هاهان بالكامل. أنا هزاي رفيقتك في رحلة النسخ التي تستغرق ستة أيام فقط دون زيادة مهما كانت الأسباب. من حقك أن تختاري أي الذكريات الهامة بالنسبة إليكِ، وتحديد درجة اهميتها، ومدى خطورتها، وسرعة عرضها على(المعمرون) أو زرعها في وعي السيدة الجديدة التي ستحل محلك"

انتفضت المرأة غاضبة، وهتفت:" ليست السيدة الجديدة، بل ابنتي يا حمقاء. يبدو أني صنعت آلية غبية يومها"

ارتبك الصوت الأنثوي، واستدرك بخوف:" سيدتي الأم الغالية، إنها زلة لسان ليس إلا. سامحيني يا أمي لم أقصد إغضابك"

ردت المرأة بضيق:" مع الأسف الشديد ليس لدي وقت لمحوك، أو إصلاحك، ولكن يمكنني استبدالك بهواي"

صرخت هزاي:" لا يا أمي لا تستبدليني بهواي، إن شرف الإشراف على نسخ ذكرياتك يجب أن يكون لي، كما أنه لا يجوز أن يقوم هو بمهمتي"
ضحكت المرأة بطرب، وقالت:" من قال هذا؟. أنا فقط من يحق لي أن أختار من يقوم بنسخ ذكرياتي حتى وإن خالفت قواعد النظام الذي وضعته. والآن اذهبي فأنا أريد هواي"
-" بأمر سيدتي وأمي أنا.. حاضر"
كان الصوت هذه المرة خشن ودافئ آسر، ولكنه قادم من نفس المنبع، بلورة رمادية في منتصف سقف الحجرة.
قبل أن تجيبه المرأة، قالت هزاي باكية:" أمي أتوسل إليك، لا تطرديني. اتركيني بجوارك، سأمكث صامتة، ولكن لا تتركيني أتعذب لحرماني من البقاء بجوارك لأخر مرة"
رق قلب المرأة، وقالت بحنان:" ليكن، ولكني أحب أن أراكما بجواري كذلك"
تحولت البلورة للون الأسود فجأة ليقف أمامها فتاة رقيقة ترتدي فستان أبيض عبارة عن ورود جوري[2] حيكت بتلاته معًا، وشعرها الأسود المتطاير كعينيها يشعان كابتسامتها

---

[2] - الوردة الدمشقية أو كما تعرف باسمها الشائع الوردة الجورية أو الورد المحمدي الاسم العلمي (Rosa damascena)، تنتمي إلى الفصيلة النباتية الوردية، سميت بهذا الاسم في الغرب لأن الغرب عرفها أثناء حملاته على بلاد الشام، وليس لأن أصل الوردة من بلاد الشام، وذلك لأنها وردة مهجنة وليست أصيلة، وقد أثبت فحص الحمض النووي أنها تتألف من ثلاث أنواع من الورد هي وردة المسك Rosa Moschata والوردة الفرنسية Rosa Gallica ووردة أخرى من آسيا الوسطى هي Rosa fedtschenkoana، أي أن لا موطنًا أصليًا لها، ولا يعرف المكان الذي هُجنت فيه على وجه التحديد.

على شفاهها الجمرية. تحولت البلورة لتصبح شفافة مع ظهور شاب حاد الملامح يرتدي بزة سوداء كلون عينيه وشعره وقميص ناصع البياض مثل بشرته، تحمل شفاه الوردية ابتسامة كشروق الشمس.

نزل كلاهما على ركبهما بخشوع، وقالا بحب:" أمي لقد اشتقنا إليكِ كثيرًا"

٢

"ولداي العزيزان. دعونا من القواعد التي وضعتها منذ ستة قرون، ولننسخ ما أريد وفق ما أحب" قالت السيدة ستة وستون بنبرة حالمة.

رد هواي مستفهمًا:

- ولكن كيف ذلك يا أمي سيكتشف الجميع أن هناك خللًا، وسيطلق هاهان صافرة الإنذار، وسينقض علينا مجلس (المعمرون) بقواته، وسيمحونا.

ضحكت المرأة باستخفاف، ونادت بلهجة آمرة:

- هاهان أيها المزدوج هلا حضرت مجلسنا الموقر.

شعت البلورة الشفافة بلونين أسود وأبيض ملتفين على بعضهما، ثم تجسد في وسط الغرفة هاهان. لا أدري كيف يمكنك أن ترى هاهان، فإذا كنت تقف مقابل جانبه الأيمن لوجدت فتاة صفراء البشرة ذات وجنتين ورديتين وأنف دقيق وعين مسحوبة مرسومة بالكحل، وحاجب رفيع مرسوم ليعطيا عين حورس[3]، وشفة قرمزية دقيقة تم

---

[3] - عين حورس (سابقاً عين القمر أو عين رع) بالمصرية القديمة أوجات، هي رمز وشعار مصري قديم ذو خصائص تميمية، يستخدم للحماية من الحسد ومن الأرواح الشريرة ومن الحيوانات الضارة ومن المرض وهي في شكل قلادة يتزين بها الشخص، وتعبر عن القوة الملكية المستمدة من النتر حور أو رع. وتعد رمزاً شمسياً أي يتبع عبادة الشمس، والذي يجسد النظام والصرامة والوضع المثالي. كانت تلك القلادة توضع أيضا على صدر مومياء الملك لتحميه في القبر. تفنن الفنان المصري القديم في صناعتها من الذهب وتشكيلها بحيث تحمل صورًا لحور والنتر

إضفاء حجم مضاعف لها بطلاء شفاه ثخين، وشعر طويل ناعم ومموج يصل لمنتصف ظهرها ترتدي فستان على شكل زهرة اللوتس[4] وترتدي حذاء رفيع الكعب ومقدمته مدببة كأنها صاروخ، وإن كنت تقف قبالة جانبه الأيسر وجدته شاب أسمر البشرة أفطس الأنف وشفاهه ممتلئة و له عيون سوداء واسعة وحاجب كث وشعر مجعد خشن قصير، يرتدي بزة صفراء في جيبها شبكت زهرة دوار الشمس[5].

رع، ورموز الحياة (عنخ) والدوام (جيت)، والصون (صا). والأوجات كانت بمثابة رمز للإشارة إلي الإستقرار الكوني والدولي في عهد المصريين القدماء.

[4]- نيلوفر اللوتس أو اللوتس النمري أو زنبق الماء المصري الأبيض (الاسم العلمي:Nymphaea lotus) (بالإنجليزية: Egyptian White Water Lily أو Tiger Lotus) هو نوع من النباتات يتبع جنس النيلوفر من الفصيلة النيلوفرية. وهو نبات مائي وزراعي ساقه منتصبة له فروع كثيرة وأزهاره صفراء زاهية اللون، ويرتفع حتى 45 سم. وزهرة اللوتس مشهورة في الحضارة المصرية القديمة وكان يرى في الصور المرسومة على مقابرها، ووجدت بقايا منه في مقبرة رع مسي سو الثاني المعروف برمسيس الثاني وكان أيضا يتخذها الجيش المصري القديم علماً له. استوحى المصري القديم من زهرة الزنبق (لوتس) لتشكيل قمم الأعمدة في المعابد، فنرى منها ما يمثل الزهرة المقفولة، ومن تلك القمم ما يمثل الزهرة المفتوحة . ومنذ الدولة الحديثة كان الفنان المصري القديم يمثل طفلا قاعدا على زهرة اللوتس ويرمز بذلك إلى مولد نتر الشمس . فطبقا لمعتقدات المصري القديم أن مولده في البدء كان في زهرة لوتس خرجت من البحر العظيم نون عند نشأة العالم . وكان المصري القديم يرى في طلوع الشمس صباحا تكررا لعملية الخلق . كان المصري القديم يسمى زهرة اللوتس "سوشن" ، وشاع هذا الاسم في الشرق الأوسط وشاع حديثا أيضا في أوروبا وأمريكا، فهذا الاسم هو الأصل في اسم "سوزان" و"سوسن".

[5] - دوّار الشمس أو زهرة الشمس أو تباع الشمس أو ميال الشمس أو عبّاد الشمس (باللاتينية: Helianthus annuus) هي نبتة بذور زيتية اسمها العلمي (باللاتينية:

انحني هاهان لسيدته، وهو يقول باحترام بصوت أنثوي رفيع يكاد يختبئ داخل صوت ذكوري خشن رخيم: أنا بأمرك أمي وسيدتي

ربتت المرأة على كتفيه بيديها، وقالت بحب:" مرحبا بك يا هاهان. هلا أخبرت هذين الشقيين ما خفي عنهما"

ابتسم هاهان بكلتا شفتيه، وقال الصوت الخشن: سأقوم بذلك فهيوان صوتها متعب قليلا

ضحكت هيوان بلطف، وقالت: يبدو أن هيو يحب أن يكشف السر بنفسه، فليكن يا عزيزي

ابتسم هيو، وقال: ببساطة يا رفاق يمكن للسيدة الصانعة أن تفعل ما تحب دون أن يعرف المجلس، فلقد سجلت منذ ستة أعوام ذكرياتها، والبقية يمكن أن نسجلها خلال ساعة وتكون اكتملت، وبعدها يمكننا نسخ ذكرياتها كما تحب

ضحكت المرأة لأمارات الدهشة على وجه هزاي وهواي، ثم قالت لهما: هل ستظلان واقفان كالحجارة، أم سنشرع في تسجيل تلك السنوات الهزيلة

(Helianthus annuus). استعملها الهنود الحمر كدقيق للخبز والحصول علي زيتها الذي يحتوي على الأحماض الدهنية الأساسية ومعظمها دهون غير مشبعة. لهذا يفيد في تخفيض الكولسترول بالدم. ويحوي فيتامين E وفولات وماغنيسيوم وزنك وحديد وفوسفور ونحاس وسيلينيوم. والزيت بهOmega-6 oil)) وهي لازمة لنمو الجسم ووظائفه ولا يصنعها. ومغلي جذور دوار الشمس طارد للديدان. استعمل الأطباء قديمًا بذور دوار الشمس كعلاج للملاريا، ولتخفيف كوليسترول الدم ومنع تصلب الشرايين. تحتوى بذور دوار الشمس (اللب) على مادة الفلورين التي تفيد في منع تسوس الأسنان. كما تحتوى على فيتامين (أ) ولذلك تفيد في علاج مرض العشى الليلي.

جرت هزاي نحو الجدار الأيمن ولمست ثلاث مناطق من الجدار غير مميزة المظهر لتظهر ست بلورات فوق رأس المرأة كأنها نبتت من العدم، بينما أحضر لها هواي طبق به قطع من ست أنواع من الفاكهة وهي المانجو والعنب الأخضر والفراولة والبرقوق البري والتوت والبرتقال، التي ما إن تناولتها حتى غابت في غفوة بينما انطلقت أشعة البلورات كل منها بلون إحدى الفواكه والتي ما لبثت أن التفت حول رأسها كحلقة.

٣

بعد مرور ساعة أنهى الرفاق الثلاثة عمليات النسخ اللازمة انسحب على أثرها هاهان إلى محله لإكمال السجل، بينما ضغطت هزاي على راحة يدها اليسرى بقوة بقبضة يدها اليمني ليتحول المقعد الذي تجلس عليه المرأة لسرير ذي مرتبة هوائية تأخذ شكل الجسم، ثم أنطفأت الأضواء جملة واحدة ليحل الظلام الحالك، ويتراجع هواي برفقة هزاي نحو ركن قصى ليتابعا الأنشطة الحيوية للسيدة، حيث تعمل الأجهزة المختفية داخل الفراش وحوله بنظام الأشعة تحت الحمراء والتي تنقل بياناتها إليهما مباشرة دون وسيط.

- لا داعي لإفاقتي. ها أنا قد استيقظت.

قالت السيدة بصوت نشيط بعد خمس وعشرين دقيقة من انطفاء الأضواء، وعلى تتمة كلامه عادت الأنوار إلى الغرفة وعاد معها الرفاق الثلاثة ليتحلقوا حولها.

بفرقعة أصابعها اليسرى الطويلة تحول السرير سريعًا إلى كرسي ليس بالعادي ولكنه ينافس عروش الأباطرة من حيث الفخامة والرقي والجمال مصنوع من المرمر المصري[6] حيث جمال تعريقاته المتناغمة مع تفاصيله

---

[6] - المرمر المصري Egyptian alabaster وهو صخر متحول بالحرارة من الحجر الجيري، يتركب من معدن الكالسيت المتبلور (كربونات الكالسيوم$CaCO_3$) وذلك فيما يخالف بقية أنواع المرمر الموجودة في العالم من ناحية التركيب الجيولوجي حيث يتكونوا من معدن الجبس (كبريتات الكالسيوم المائية$CaSO_4.2H_2O$)، ويتميز بلونه الأبيض، أو الأبيض الضارب للصفرة،

اليونانية الطراز على شكل عرائس البحر تحيط ببوسيدون[7] سيد البحار عند الأغريق والرومان، بفرقعة أخرى ظهرت ثلاثة كراسي من الرخام الأبيض الخالي من التعريق على شكل الشقيقات الثلاثة ميدوسا[8] ليجلس

وعادة ما يكون معروقًا، وقطاعاته الرقيقة شبه شفافة، ويعد أحد صور الرخام marble ويرجع أصل كلمة ألبستر إلى النترت المصرية القديمة باستيت –جست على هيئة قطة أو جسد امرأة برأس قطة- حيث صنع المصري القديم لها أنية عرفت باسم ألابست من هذا النوع من الصخور

7 - بوسايدن أو بوسيدون أو بوزيدون هو إله البحر والعواصف والزلازل والخيول. وهو أحد الاولمبيون الإثني عشر في الديانة والمثيلوجيا اليونانية القديمة ، كان يكرم باعتباره الإله الرئيسي في بيلوس وطيبة. وكان لديه أيضا لقب "مزلزل الأرض". في أساطير أركاديا كان مرتبطًا بديميتر وبيرسيفوني وقد تم تبجيله كحصان، ولكن يبدو أنه كان في الأصل إلهًا للمياه. غالبًا ما يُنظر إليه على أنه مروض أو أب الخيول ، وبضربة من رمحه أنشأ ينابيع أرتبطت بكلمة حصان. وفي المثيلوجيا الرومانية يعتبر نظيره الروماني هو نبتون

8- ميدوسا أو ميدوزا) بالإنجليزية Medusa :بمعنى "الحارسة، الحامية(" بالإضافة إلى ذلك، فهي تُدعى أيضًا غورغونة أو غوغونة أو جرجونة أو جورجونة) بالإنجليزية(Gorgo : ويعني "المُرعبة أو المُخيفة أو المُفزعة". هي إحدى الغورغونات الثلاث، اللواتي يُحوِّلنَ كلَّ مَن يقع نظرهنَّ عليه إلى حجر. كانت ميدوزا فانية في حين أنَّ شقيقتيها ستينو ويوريال كانتا خالدتين. وهي ابنة فوركيس (إله البحر البدائي) وكيتو (إلهة البحر البدائية). كانت الأجمل من بين أختيها، لكنَّ أثينا حولت شعرها إلى أفاع، لأنها تجرَّأت على الادعاء أنها تعادل الربة جمالا وبهاءً، وأصبح وجهها بشعًا ومرعبًا. ولكن هناك رواية أخرى الشاعر الروماني أوفيد في كتابه التحولات وأيًا كان سبب تحولها فقد أصبحت وحشًا يخشاه الجميع، ويسرد أوفيد: .وبناء على طلب بوليدكتس ملك سيريفوس أفلح البطل اليوناني بيرسيوس بحذائه المُجنح وخوذة هاديس ودرع أثينا وسكين هيرمز وبمساعدة الإلهة أثينا في قطع رأسِ ميدوزا، وذلك بمراقبة تحركاتها بالصورة المنعكسة في الدرع، فتجنب نظراتها القاتلة. واستخدم رأسها كسلاح ضد الأعداء.

الرفاق بإشارة من يدها، وما إن جلسوا حتى ظهرت منضدة من الرخام الأبيض المعروق على شكل هيدرا[9] ملتفة حول نفسها تحمل فوقها لوحًا زجاجيًا يعلوه عدة أصناف من الطعام، وكؤوس من الشراب غير المعلوم ماهيته، أما في منتصفها فتوجد كرة بلورية ضخمة فضية اللون تعكس الأضواء التي تسقط عليها بعد تحليلها إلى ألوان الطيف السبعة.

ابتسمت المرأة بلطف، وقالت بهدوء: " سنبدأ الآن فلا يوجد من المعمرين من سينسخ ذاكرته إلا إياي طوال الأيام الستة".

هز الثلاثة رؤوسهم مؤيدين، فأردفت:" حسنًا ستقومون بنسخ ما أريده هنا في تلك البلورة على أن تقوموا بترتيب الأحداث فيما بعد، وستحتفظون بها حتى تأتي حفيدة حفيدتي الحقيقية تمرد المعروفة على أرضها بلاقندر، وتزرعونه في ذاكرتها، دون أن يعلم أحد"

وهُناك مَن يقول أنه قتلها وهي نائمة. ومن جسد ميدوزا الميت ولد خريساور ومن دمها ولد الحصان المجنح بيغاسوس وقد وضع رأسها في درعِ أثينا المسمى إيجيس.

9 - الهيدرا أو العُدار (مفردها عُدارة) هي حيوان من أكثر الجوفمعويات شيوعاً ويكثر في مياه البرك العذبة، ويمثل حيوان الهيدرا نموذجاً بسيطاً لتركيب الحيوان الجوفمعوي أسطواني الجسم. يبلغ طوله 2-20 مم ويلتصق بالأعشاب المائية وله 9 رؤوس، يلتصق بالأحجار بواسطة مادة لزجة تفرزها قاعدة الحيوان القرصية، وتوجد فتحة الفم على قمة ارتفاع يعرف بالمخروط الفموي Oral Cone ويحيط بفتحة الفم عدد من اللوامس الطويلة يتراوح عددها من 6-8 لوامس. ولديه القدرة على التجدد. وقد وجد له مساحة كبيرة في الأساطير القديمة

ارتعبت هزاي وبدأت ترتعش، بينما حاولت هيوان احتضانها، بينما قال هواي بصوت قلق:" ولكن يا سيدتي هذا محرم، فلا يجوز نسخ الذاكرة إلا لأحد المعمرين خاصة الذي سيحل محلك، وحسب ما نعلم أن من سيحل محلك السيدة ابنتك ستة وستون فهي ستتم عامها الستين عند ميعاد تنصيبها بعد ستة أسابيع"

غضبت السيدة ستة وستون، وهبت من محلها واقفة فخروا منحنين لها بسرعة، فقالت بصوت يكاد يشعل المكان بنبراته المحرقة:" ابنتي تلك هي نسختي البيولوجية رقم ستة وستون، والتي يعتبرونها امتداداً لي، لكن حفيدة حفيدتي هي من نسلي على الأرض رقم سبعة، وهي الأجدر بتلك الذكريات الخاصة بي. هل فهمتم؟"

هزوا رؤوسهم بقوة بالإيجاب، ثم رفع هاهان رأسه، وسأل هيو:" بالتأكيد يا سيدتي سنفعل ما تحبين، ولكن كيف يمكننا أن نزرعه في ذكرياتها، ونحن لا نعلم عنها شيء، كما أن مركز النسخ كله مراقب"

جلست السيدة وأمرتهم بإشارة من يدها أن يجلسوا، وقالت ببساطة:" كل في حينه، أعلم أنكم تخشون محوكم إن كشف أمركم، ولكن هذا لن يكون، فاطمئنوا"

سرت الطمأنينة في ملامحهم بسرعة، وسكنوا منتظرين إشارة منها، لكنها بدأت تسأل نفسها بصوت خفيض:" من أين أبدأ؟ منذ بداية (المعمرون) ، أم منذ نشأتي، أم"...

صمتت لبرهة، ثم قالت بفرح:" وجدتها، وكأني بنفسي كأرخميدس[10] يركض عاريًا بين قومه قائلًا يوركا، ليحل معضلة التاج الذهبي، ويضع قانون الطفو. هيا يا أبنائي سنبدأ الحكاية"

---

10 - أرخميدس اسم يوناني ويعرف بارشميدس عند بعض بعض التراجم العربية (ولد: 287 قبل الميلاد في سرقوسة/ سيراكيوز – توفى: 212 قبل الميلاد)، هو عالم طبيعة ورياضيات وفيزيائي ومهندس ومخترع وفلكي يوناني تلقي تعليمه بالأسكندرية. يعتبر كأحد كبار العلماء في العصور القديمة الكلاسيكية، وأحد أهم مفكّري العصر القديم، وأحد أعظم العلماء في جميع العصور، فنظرتنا إلى الفيزياء مستندة على النموذج الذي طوّر من قبل أرخميدس. يعود له الفضل في تصميم الآلات المبتكرة، بما في ذلك محركات الحصار ومضخة المسمار التي تحمل اسمه. وهو صاحب مقولة وجدتها التي سبقت وضعه لقانون الطفو. وتعود قصة أكتشاف قانون الطفو إلى أنه في إحدى الأيام أمر ملك المدينة صائغه بأن يصنع له تاجًا من الذهب الخالص، وشرع الصائغ بصنع التاج وانتهى من صناعته وأرسله للملك، تسلل الشك إلى قلب الملك وبدأ يظن بأن الصائغ قد غشه وسرقه، فاستدعى الملك أرخميدس وكلفه بمهمة الكشف عن إذا ما كان التاج مصنوعًا من الذهب الخالص أم لا. واجه أرخميدس في بادئ الأمر صعوبات عدة، فلم يكن العلماء في ذلك الوقت على دراية بمبادئ التحليل الكيميائي، وذات يوم بينما كان أرخميدس في حوض الاستحمام وجد أن الماء يرفع رجليه كلما حاول أن يدفع رجليه نحو الأسفل، وأن هناك قدرًا من الماء يزاح نتيجةً لذلك. انطلق أرخميدس صارخاً وجدتها، أخرج التاج ووزنه ووضعه في الماء، وفي نفس الإناء وضع أرخميدس كتلة من الذهب الخالص لها نفس وزن الجسم الأول، لاحظ أرخميدس أن كتلة السائل التي أزاحها التاج تختلف عن كتلة السائل التي أزاحتها قطعة الذهب الخالص، ويعود ذلك إلى اختلاف كثافة كل من الجسمين وبالتالي اختلاف دفع الماء على كتلة كل منهما.

٤

ابتسمت السيدة ستة وستون لرفاقها الثلاثة مشجعة، وهي تفتح راحتيها الملتصقتين عند الرسغين، ثم إعادة تشكيلهما لتصنع قلبًا مجنحًا، على أثر ذلك أضاءت البلورة بألوان الطيف السبعة لبرهة، ثم انقسمت إلى أربع بلورات، وانطلقت تجاه المتحلقين، فمد كل من الرفاق يده ليأخذ واحدة ما عدا هاهان، فقد أخذ كل شق منهما بلورة. كانت كل بلورة ذات لون ورقم خاص بها، يشع ببريق لؤلؤي ناعم.

نظرت هزاي إلى سيدتها بدهشة، ولم تستطع كبح لسانها الذي انفلت يسأل:" سيدتي إنهم أربع بلورات فقط، ألا ينبغي أن يكون عددها ستة؟"

ضحكت المرأة بخفة، وبادلتها السؤال باثنين:" ولمَّ ينبغي أن يكون عددها ستة؟، ومن الذي قال بحتمية ذلك؟"

ارتبكت هزاي، ولم تعد تدري، بماذا تجيب، فناب عنها هواي، الذي قال بخوف:" سيدتي إن رقم ستة مقدس، ودائمًا..." ..

قاطعته المرأة بضيق، وهي تقول:" إن ستة رقم مقدس بالنسبة للمعمرين، أما ما نقوم به الآن فليس له علاقة بهم، فهو أمر يخصني وحدي. هل فهمتم؟"

هز الجميع رؤوسهم بشدة مؤكدين على استيعابهم للأمر، فأرجعت رأسها إلى الوراء، وأطبقت جفنيها بإرهاق، ثم سألت بهدوء:" من منكم يملك الرقم واحد؟"

نظر كل منهم في بلورته ليتحقق من رقمه، قبل أن يهتف هيو بصوت خشن من الحماسة:" أنا يا أمي"

اعتدلت برشاقة، ثم قالت:" أذن لنبدأ بك يا عزيزي"
قام هاهان من على كرسيه، بعد أن ترك البلورتين على المنضدة أمامه،ثم اتجه صوب الساحة الخالية أسفل البلورة الشفافة في سقف الغرفة، والتي تدلت حتى لامست الخط الفاصل في منتصف الرأس بين الشقين. مد كل من هيو وهيوان ذراعيهما لتتعانق انامله‍ما أولاً ، قبل أن تتشابك أصابعهما للحظة، ليشع ضوء رمادي كئيب من البلورة يغشى الأبصار لعشر ثواني، ثم اختفي بغتة مخلفًا كل من هيو وهيوان في وضع رقصة العرس الشهيرة، وهي تضع رأسها على كتفه.

انتبهت هيوان أنها أصبحت تملك جسدًا مستقلاً، فانفصلت عن هيو، وجرت نحو الكرسي لتجلس وهي خجلة. كانت هذه أول مرة تنفصل عن هيو، يا له من شعور مربك، لا تريد أن يرى أحد ملامحها في تلك الحالة، فأخفت وجهها بشعرها ويديها.

أما هيو فقد ظل واقفًا في مكانه كالضائع، وعينيه تشع هلعًا أكثر منه ارتباكًا. لقد أصبح يمتلك جسدًا وهوية مستقلة لأول مرة ولكنه يشعر بالنقصان لذلك. امهلته المرأة دقيقتين ليجمع شتاته دون أن تنطق، بينما كان كل من هواي وهزاي يرتعدان خوفًا، وكل منهما يشد على يد الأخر بقوة بحثًا عن الدعم، عن الأمان.

يبدو أن أمال المرأة بعودة الوضع إلى نصابه وبدء عملية النسخ راحت هباءً، فهبت من مجلسها وأمسكت بالبلورة رقم واحد واتجهت نحو هيو، وقالت برفق وهي تربت على كتفه بأمومة حقيقية: "لا تخف يا هيو ستعود سيرتك الأولى بعد

أربعة أيام. لن أنهى رحلتي في هذا العالم قبل أن أعيدك. هيا يا ولدي"

أمسك هيو بيد المرأة، وقبلها برقة، ثم تناول منها البلورة، وسار خلفها حتى عادت إلى عرشها، ووقف خلفها باتزان. رفعت هيواي كفيها عن وجهها، وأعادت شعرها إلى الوراء، ونظرت إلى هيو بأمل، وقد أمسكت ببلورتها بحرص، في حين اعتدل كل من هزاي وهواي في جلستهما وأمسكا ببلورتيهما بقوة.

وضع هيو البلورة في سن الشوكة الوسطى التي يحملها بوسيديان، ثم نزل على ركبتيه بسرعة، وهو يهتف:" بلورة رقم واحد، فليبدأ النسخ، اليوم الأول"

ارتجت الشوكة تزامنًا مع إشعاع البلورة بلون نيلي، بينما ينبض رقم واحد بلون أزرق ليزري، لتلتف الحوريات[11] حول السيدة التي أغمضت عينيها، وانطلقت في ذكرياتها الجمعية.

---

[11] - حوريات البحر أو عرائس البحر باللاتينية Mermaids وفي العربية الفصحى خَيْلان أو ابنة البحر، وقالوا أيضاً ابنة الماء أما عروسة البحر فظهرت في كلام العامة هي حوريات أسطورية خيالية تسكن في البحار والبحيرات. تصور بنات البحر أو حوريات البحر ككائنات تجمع بين صفات البشر والأسماك، فالقسم العلوي -وهو القسم البشري- يتمتع بكامل صفات البشر العلوية من الرأس إلى السرة، بينما القسم السفلي -وهو القسم السمكي- يتمتع بجسم سمكي من السرة إلى الذيل، ويوجد منها زوجين ذكر وأنثى. وحوريات البحر عادة يكن جميلات وساحرات ولهن حكايات عديدة توارثت بين عدة أجيال. حُوريَّة صفة اسمية، من اسم حوراء مفرد الحور ومعناها الأنثى الحسناء نقية الصلبة، شديدة بياض العين. وبالإنجليزية (Mermaid) مكونة من كلمتين (mere = البحر، الماء، البحيرة، maid = الفتاة الشابة، العذراء، العزباء، العاقر، البتراء، البتول)

٥

-"عزيزتي لافندر[12].. كم اشتقت إليكِ!. مرت ست عشرة سنة كاملة على أخر لقاء بيننا على أرضك، لا أخالك تتذكريني، فقد كنتِ بعمر السادسة حينئذ".

- من أنا؟

يا له من سؤال أنا جدتك الكبرى أعرف بين قومي بالسيدة ستة وستون، وأسماني أبي تناقض، فصار اسم دلالي عندما انضممت للمعمرين.

- من هم (المعمرون) ؟

إنه أهم سؤال في تلك الذكريات التي أهديها إليكِ، ولكن رجاءًا لنترك إجابته إلى حينه، وأعدك ستجدي إجابة لكل أسئلتك وما لم يخطر على بالك السؤال عنه في تلك الذكريات. اتفقنا أليس كذلك؟

جيد. لنكمل من حيث توقفنا، تعرفينني بالجودة الأم أو الجدة جيلاديولس[13].

- أتدرين لمَّ اخترت هذا الاسم لأعرف به في أرضكم؟.

---

12 - اللافندر هو عشب ينمو في شمال إفريقيا والمناطق الجبلية في البحر الأبيض المتوسط، ويُطلق عليه اسم عُشبة "الخزامى"، يُزرع اللافندر بشكل أساسي لإنتاج زيته، والذي يأتي من تقطير أزهار أنواع معينة من الخزامى، لزيت اللافندر استخدامات تجميلية وصحية متعددة.

13 - تعتبر نبتة الجلاديولس Gladiolus من احد أهم نباتات الزينة المنزلية نظرا لجمال أزهارها وتعدد ألوانها، وهي من أكثر نباتات الزينة التي تتم زراعتها في الدول العربية وخصوصا في مصر.

سأجيبك يا حبيبتي، إن الجيلاديولس هي زهرة ذات جمال أخاذ، ولكن بدون رائحة، وأنا تناقض. أظنك فهمتي. رائع.

- ما هي صلة قرابتي بكِ؟

أنتِ حفيدة حفيدتي لابني الوحيد آثار. اسميته كذلك لأنه أثري على أرضكم. دليلي أني كنت بينكم يومًا. لنتوقف في الحديث عني وعن علاقتي بأرضكم حتى أنهى ذاكرتي الجمعية الموروثة أولًا، فهي ليست بمكتملة، ومشوشة، ولكنها هامة جدًا في رأيي، ففيها بداية كل شيء.

- فهل نبدأ الآن؟

حسنًا البداية كانت منذ ملايين السنين، عندما ظهر كل شيء فجأة من العدم، عندما انفجرت المفردة المكثفة، لتظهر المادة ومضادها[14] والفراغ وغيرها. إنها اللحظة التي نشأ بها الزمن حيث لم يعرف قبله، وعرفت الأبعاد، وذكر اسم الكون أول مرة. إنها الأنفجار العظيم[15] حيث ولد كل شيء.

---

14 - المادة المضادة (Antimatter) هي عكس المادة العادية. وبشكلٍ أكثر تحديداً، تمتلك الجسيمات دون الذرية للمادة المضادة خواص معاكسة لتلك الموجودة في المادة العادية، وشحنة تلك الجسيمات معاكسة لها أيضاً. نشأت المادة المضادة في نفس نشوء المادة العادية بعد الانفجار العظيم، لكن المادة المضادة نادرة اليوم، ولا يعرف العلماء السبب المؤكد وراء ذلك.

15 - الانفجار العظيم The Big Bang theory في علم الكون الفيزيائي هو النظرية السائدة لتفسير نشأة الكون. تعتمد فكرة النظرية على أن الكون كان بالماضي في حالة حارة شديدة الكثافة فتمدد، وأن الكون كان يومًا جزءًا واحداً عند

٦

المفردة[16] هي كلمة جامعة لا تتكرر، فهي حيث ما قبلها لا يشبه ما بعدها، فإذا ذكرت في الثقوب السوداء[17] علمتِ أن

نشأته. بعض التقديرات الحديثة تُقدّر حدوث تلك اللحظة قبل 13.8 مليار سنة، والذي يُعد عمر الكون.

16 - singularity وتعنى رياضيًا بأنها النقطة التى لا يعرف لما فيها أى تعريف رياضي ولا يمكن أجراء أي عمليات رضاية عليها ، وفيزيائيًا هى نقطة في الانظمة الديناماكية عند حدوث أي تغير بسيط يكون له ردور فعل كبيرة جدًا ومؤثرة تغير من الحالة

17 - الثقب الأسود Black hole هو منطقة موجودة في الزمكان (الفضاء بأبعاده الأربعة، وهي الأبعاد الثلاثة بالإضافة إلى الزمن) تتميز بجاذبية قوية جداً بحيث لا يمكن لأي شيء - ولا حتى الجسيمات أو موجات الإشعاع الكهرومغناطيسي مثل الضوء - الإفلات منها. تتنبأ النظرية النسبية العامة بأنه يمكن لكتلة مضغوطة بقدر معين أن تشوه الزمكان لتشكيل الثقب الأسود. يُطلق على حدود المنطقة التي لا يُمكن الهروب منها اسم أفق الحدث. وعلى الرغم من أن عبور حدود أفق الحدث له تأثيرات هائلة على مصير وظروف أي جسم يعبُره، إلا أنه لا تظهر أي خصائص يُمكن ملاحظتها لهذه المنطقة. يعمل الثقب الأسود بصفته جسما أسودا مثاليا، لأنه لا يعكس أي ضوء. علاوة على ذلك، تتنبأ نظرية المجال الكمي في الزمكان المنحني بإنبعاث إشعاع هوكينج آفاق الحدث، بنفس الطيف الذي يتسم به الجسم الأسود لدرجة حرارة تتناسب عكسياً مع كتلته. درجة الحرارة هذه على حدود جزء من مليار من الكلفن للثقوب السوداء من الكتلة النجمية، مما يعني استحالة ملاحظتها. يُعتقد أن الثقوب السوداء ذات الكتلة النجمية تتشكل عند انهيار النجوم الضخمة جدًا المعروفة باسم المستعرات العظمى أو السوبر نوفا في نهاية دورة حياتها. بعد أن يتشكل الثقب الأسود، يمكن أن يستمر في النمو عن طريق امتصاص الكتلة من محيطه. وذلك عن طريق امتصاص النجوم الأخرى والاندماج مع الثقوب السوداء الأخرى، الأمر الذي قد يؤدي إلى تشكل الثقوب السوداء الهائلة والتي تحمل كتلة تعادل ملايين الكتل الشمسية وهناك إجماع عام على وجود ثقوب سوداء هائلة في مراكز معظم المجرات.

الزمن بها يتوقف يساوي صفر، ما قبل الوصول إليها ينتمي إلى عالمنا مهما كانت استطالة أبعاده أو تباطئ زمنه، وما بعد عبورها يعني عالم جديد بزمكانه ومادته، وربما بكونه كذلك، أما إذا ذكرناها عند وصف الانفجار العظيم، فهذا يعني أنه لا معنى لكلمة قبل، فلا قبلها شيء، فهي البداية والانطلاقة لكوننا بكل أشكاله.

منذ أربعة عشر مليار سنة تقريبا بدأ كل شيء، من المفردة، وهي نقطة أبعادها الثلاثية صفر، فلا طول ولا عرض ولا ارتفاع، أي لا مكان، تركزت بها كل المادة المضيئة ومضادتها والمادة المظلمة[18]، في كثافة لا توصف إلا بالمالانهاية في أسمى معانيها وأكثرها وضوحًا، تلك العلامة التي تختصر كل شيء لا نستطيع تصوره، ربما ظننتِ أن تلك المواد لا توجد إلا في شكل طاقة خالصة.

---

18 - في علم الفلك وعلم الكون، المادة المظلمة أو المادة المعتمة أو المادة السوداء (بالإنجليزية: Dark matter) هي مادة افتُرضت لتفسير جزء كبير من مجموع كتلة الكون. لا يمكن رؤية المادة المظلمة بشكل مباشر باستخدام التلسكوبات، حيث من الواضح أنها لا تبعث ولا تمتص الضوء أو أي إشعاع كهرومغناطيسي آخر على أي مستوى هام. عوضاً عن ذلك، يُستدل على وجود المادة المظلمة وعلى خصائصها من آثار الجاذبية التي تمارسها على المادة المرئية، والإشعاع، والبنية الكبيرة للكون. وفقاً لفريق بعثة بلانك، واستناداً إلى النموذج القياسي لعلم الكونيات، فإن مجموع الطاقة-الكتلة في الكون المعروف يحتوي على المادة العادية بنسبة 4.9٪، والمادة المظلمة بنسبة 26.8٪ والطاقة المظلمة بنسبة 68.3٪. وهكذا، فإن المادة المظلمة تشكّل 84.5٪ من مُجمل الكتلة في الكون، بينما الطاقة المظلمة بالإضافة إلى المادة المظلمة تشكل 95.1٪ من المحتوى الكلي للكون.

- هل تظنين في نفسك أنكِ اقتربتي من رؤية المشهد على حقيقته؟

دعيني أخبرك بالحقيقة المجردة بأننا لا نعلم الوضع على حقيقته، ولكني أعتقد بأنها كانت في شكل لا يمكننا فهمه وبالتالي تخيله، لذلك لنترك تلك النقطة، فهي غير ذات قيمة برأيي.

- هل صادفك الحظ وركبتي حافلة لا موطن لقدم بها؟ بماذا شعرتِ حينئذ؟

الحرارة والضيق بلا شك والكثير من العصبية، جيد هل لكِ أن تتخيلي أن الكون بأكمله في مفردة؟. لقد عانى الكون في مخاضه من حرارة وضغط تصل إلى ما لا نهاية، فقد كان كل شيء ملتحم أو مدمج، فالضغط ساحق، وهذا يستلزم حرارة لا سقف لها، فهي ترتفع إلى الحد الذي يجعل الوضع لا يطاق، سينفجر كل شيء، وسيطيح بالمفردة في مشهد ولادة لن يتكرر، ولربما يتكرر لا أحد يعلم .

الزمن كلمة بلا معنى، فهي كلمة لم تخلق بعد، ولكنها ستجد لنفسها موطن الصدارة في قواميس الكون، وستصبح ذات تأثير ينساب من الباب الخلفي لعقول العوام من الناس دون أن يستطيعوا أن يصفوها.

أظنكِ معي الآن بكل جوارحك، لننسى كل النماذج التي وضعت لوصف الأحداث، والسؤال عما حدث في الكسور الأولى من الثواني، فلا يعينا حالة الكون عند الثانية رقم عشرة مرفوعة للأس سالب خمسين، فهي خيال وتوقع

من العلماء عند تلك اللحظة، لكن دعينا نقف في موقع المشاهد في الإطار المرجعي[19] كما تنص قواعد علوم الرياضيات.

رائع إن الوضع لا يحتمل، وستنفجر المفردة الآن. اتركي عداد الزمن من يدك، فمهما بلغت دقته، فهو لا يستطيع حساب ما ستشاهدي الآن. لا تضيعي منك أجمل لحظات العمر، فكل بشرى يبيع عمره ليقف مكانك هنا.

- **هل شاهدتي لحظة موت المستعرات العظمى[20]، تلك النجوم المعروفة باسم السوبر نوفا؟**

---

19 - في الفيزياء، الإطار المرجعي يتكون من ملخص نظام الإحداثيات ومجموعة النقاط المرجعية المادية التي تعمل بشكل فريد على إصلاح (تحديد موقع وتوجيه) نظام الإحداثيات وتوحيد القياسات داخل هذا الإطار. في النسبية الآينشتينية، يتم استخدام الإطارات المرجعية لتحديد العلاقة بين متحرك مراقب والظاهرة أو الظواهر قيد الملاحظة. في هذا السياق ، غالبًا ما تصبح العبارة "الإطار المرجعي للرصد"، مما يعني أن المراقب في وضع السكون في الإطار ، على الرغم من عدم وجوده بالضرورة في الإطار الأصل. يتضمن الإطار المرجعي النسبي (أو ضمنيًا) تنسيق الوقت، والتي لا تساوي عبر إطارات مختلفة تتحرك نسبيا لبعضهم البعض. وهكذا يختلف الوضع عن النسبية الجليل حيث تكون جميع أوقات الإحداثيات الممكنة متساوية بشكل أساسي

20 - (Supernova سوبرنوفا) هو حدث فلكي يحدث خلال المراحل التطورية الأخيرة لحياة نجم ضخم، حيث يحدث انفجار نجمي هائل يقذف فيهِ النجم بغلافهِ في الفضاء عند نهاية عمره، ويؤدي ذلك إلى تكون سحابة كروية حول النجم، وبراقة للغاية (شديدة البريق) من البلازما، وسرعان ما تنتشر طاقة الانفجار في الفضاء وتتحول إلى أجسام غير مرئية في غضون أسابيع أو أشهر، أما مركز النجم فينهار على نفسه نحو المركز مكوناً إما قزما أبيضا أو يتحول إلى نجم نيوتروني ويعتمد ذلك على كتلة النجم، وأما إذا زادت كتلة النجم عن نحو 20 كتلة شمسية فإنه قد يتحول إلى ثقب أسود بدون أن ينفجر في صورة مستعر أعظم.

إن هذه النجوم تزن مئات الشموس تسحر الناظر لها بأضوائها، وتخلب لب الشعراء، فتكتب فيها آلاف القصائد. عند موتها ينفجر قلبها المعدني ليطيح بسطحها الغازي المكون من الهيدروجين والهليوم لينهار القلب متحول لثقب أسود، ويسافر السطح لمئات السنين الضوئية ثم يبرد ويكون نجوم جديدة. إنه محاكاة كونية ضعيفة لما حدث في الانفجار العظيم .

إن الكون يصرخ صرخة ميلاده الأولى بلا صوت، إن كل شيء يهرب ويتوسع بلا توقف حتي الإطار المرجعي الذي يحوى الكون، وبنفس السرعة تقريبًا، لقد أفلت الوحش من عقاله، ولا عودة قريبًا، وربما إلى الأبد إلى تلك المفردة. لقد كتبت أول سطور في تاريخ هذا الكون وافتتحت القواميس بمصطلحات هي أسس ما سيأتي بعدها، وإلى الأبد.

٧

لا يهم أين نحن الآن، فجميع الأماكن متشابهة. إن الكون متجانس، فأي مكان يصلح للمشاهدة والاستمتاع. ولكن يجب أن نترك حدود إدراكنا في الزمان والمكان. يجب أن نتجرد من مفاهيمنا عن كل شيء ونستعد لملاقات كوننا الوليد في خطواته الأولى في عمره المديد. إننا نعود إلى فترة ما بعد الولادة، فهل أنتِ مستعدة؟

نحن الآن في عهد بلانك[21] عند كسور من الثانية لا يمكن ملاحظتها واتساع كوني لا يحس فقط أجزاء من الأس المرفوع للأساس عشرة المقدر بالعشرات السالبة المفزعة في صغرها مع حرارة فائقة تقدر بعشرة أمامها

---

[21] - في علم الكون الفيزيائي، حقبة بلانك بالإنجليزية Planck epoch or : Planck era هي أقدم فترة في الزمن في تاريخ الفضاء الكوني من الزمن صفر إلى 10^{-43} ثانية تقريبًا (زمن بلانك). ويُعتقد نظرًا لصغر حجم الكون للغاية في تلك الفترة، أن التأثيرات الكميّة للجاذبية سيطرت على التفاعلات الفيزيائية. خلال تلك الفترة التي يعتقد أنها كانت قبل حوالي 13.79 مليار سنة، كان يُعتقد أن الجاذبية قوة كغيرها من القوى الأساسية، وربما كانت كل القوى موحدة. ونظرًا للحرارة والكثافة الفائقة، حيث يعتقد أن الكون كان في حالة غير مستقرة خلال حقبة بلانك. وبعد أن تمدد الكون وبردت حرارته نسبيا، نشأت المظاهر المألوفة للقوى الأساسية خلال عملية كسر التناظر. يفترض علماء الكون المعاصرين أن حقبة بلانك كانت بداية لما يعرف باسم "فترة التوحّد"، المعروفة باسم حقبة التوحد الكبرى، وأن كسر التناظر أدى بسرعة إلى عصر التضخم الكوني، والتي تبعتها حقبة التضخم والتي هي حقبة تمدد الكون بصورة كبيرة في فترة قصيرة للغاية من الزمن.

اثنين وثلاثين صفر يا له من جحيم لا يعقل، ولكنه هام جدا في الحقيقة، فلقدت ظهرت القوى الأربعة العظمى[22] المكونة للكون موحدة لأول مرة، ظهرت مصطلحات ومعاني القوة النووية القوية[23]، والقوة الكهرومغناطيسية[24] والقوة النووية الضعيفة[25] وقوة الجاذبية[26].

---

22 - القوى الأساسية أو التآثرات الأساسية (بالإنجليزية: Fundamental Interaction أو Fundamental Force) وهي مجموعة الطرق التي تتفاعل وتتآثر بها الجسيمات الأولية فيما بينها. وغالبا ما توصف هذه القوى أو التآثرات عن طريق حقول فيزيائية، وغالبا ما يتوسط هذه الحقول أفعالا تبادلية عديدة لبوزونات قياسية (بالإنجليزية: gauge boson) بين الجسيمات باختلافاتها. ويمكن عدّ مجموعة التآثرات التالية أساسية نظرا لمهمتها البحتة في تفسير بعض الظواهر الكونية التي تمس جانب من جوانب إحدى القوى الكونية. والقوى الأربعة هي الجاذبية، الكهرومغناطيسية، النووية الضعيفة، والنووية القوية.

23 -التآثر القوي strong interaction أو القوة النووية الشديدة Strong nuclear force،أو القوة اللونية . ويرجع سبب تسميتها بالقوة الشديدة إلى أنها أقوى القوى الأساسية الأربعة، فهي أقوى من قوة التأثير الكهرومغناطيسي 137 مرة، وأقوى من تأثير النووية الضعيفة 106 مرة، وأقوى من تأثير قوة الجاذبية حوالي 1039 مرة. وتأثيرها في مدى قصير جدا جدا نحو 10^{-15} متر (1 فيمتو متر).ا الجولونات gluons هي جسيمات تآثر تنقل التآثر القوي . يوجد منها 8 أنواع تعمل بين الكواركات ؛ الكواركات هي الجسيمات البنائية للجسيمات الأكبر ، مثل الهادرونات ، و الباريونات التي من ضمنها البروتونات و النيوترونات، والميزونات) كل هذه الجسيمت الأولية الكبيرة تلصقها الجولونات .والمسئولة عن ربط الجسيمات الدون الذرية المكونة للذرات

24 - في الفيزياء، القوة الكهرومغناطيسية أو التآثر الكهرومغناطيسي) بالإنجليزية : Electromagnetism) هي ذلك المجال الكهرومغناطيسي الذي يؤثر على الجسيمات ذات الشحنة الكهربائية، مثل الإلكترون والبروتون وجسيمات ألفا والأيونات. وهي القوة التي تربط الإلكترونات في الذرات، كما تربط الذرات في الجزيئات.وتؤثر القوة الكهرومغناطيسية بواسطة تبادل جسيمات لا كتلة لها وتسمى

تلك القوى الأربعة التي يحاول علماء الأرض مجتمعين توحيدها في نموذج واحد ليفهموا ما يدور، ولكن كل جهودهم كللت بالفشل الذريع، فالأربعة لا يقبلون الجمع على الرغم من نشأتهم المتحدة.

ولكن الوحدة لا تدوم فالكون يتسع وإطاره المرجعي كذلك، والحرارة تنخفض بعجلة متسارعة يصعب حسابها، لقد بدأ عصر التوحيد الكبير..

فوتونات وشبه الفوتونات. والفوتونات هي نفسها موجات كهرومغناطيسية. والقوة الكهرومغناطيسية تعمل على تجاذب الجسيمات المشحونة ذات الشحنة المضادة، أي تجاذب الشحنة الموجبة والشحنة السالبة، وتعمل على تنافر الجسيمات التي تحمل نفس النوع من الشحنة. ثاني أكبر قوى الأربعة

[25] - القوة النووية الضعيفة weak nuclear force أو القوة الضعيفة أو التآثر الضعيف وتُسمّى نظرية القوة النووية الضعيفة في بعض الأحيان باسم الديناميكا النكهية الكمية قياساً على مُصطلحي ديناميكا لونية كمية وكهروديناميكا كمية، لكنّ هذا المُصطلح نادر الاستخدام عملياً. تنتج القوة النووية الضعيفة عن انبعاثات أو امتصاصات بوزونات دبليو وزد طبقاً للنموذج القياسي لفيزياء الجسيمات، وتتآثر جميع الفرميونات المعروفة تآثراً ضعيفاً. والفرميونات هي جُسيمات تملك خاصية اللف المغزلي بعدد كم مغزلي قيمته نصف عدد صحيح. يُمكن أن يكون الفرميون جُسيماً أولياً مثل الإلكترون، ويُمكن أن يكون جُسيماً مُركباً مثل البروتون. وهى المسئولة عن التفاعلات النووية كالانشطار النووي-

[26] - الجاذبية gravity وتعرف أيضاً باسم الثقالة هي ظاهرة طبيعية يتم بواسطتها تحريك وميل كل الأشياء من الكتلة أو الطاقة -بما في ذلك الكواكب والنجوم والمجرات وحتى الضوء- نحو بعضها البعض. على الأرض، تعطي الجاذبية ثقلاً للأجسام المادية (الوزن)، وجاذبية القمر تسبب المد والجزر في المحيط. تسبب الانجذاب الجاذبي للمادة الغازية الأصلية الموجودة في الكون في البدء في الاندماج النووي، وتكوين النجوم -وتجميع النجوم معًا في مجرات- لذا فإن الجاذبية مسؤولة عن العديد من الهياكل الواسعة النطاق في الكون. على الرغم من ذلك فإن آثار الجاذبية تصبح أضعف بشكل متزايد على الأشياء البعيدة، فهي أضعف القوى الأربعة، وحامل الطاقة يسمى جرفيتون

الذي على خلاف اسمه فقد انفصلت الجاذبية عن شقيقاتها الثلاثة وبدأت تتصرف كما يحلو لها، ولكن الثلاثة الباقيات على العهد ينعمون بكون متكون من الطاقة الخالصة النقية، فلم تنشأ الجسيمات بعد.

تأتي الرياح بما لا تشتهي السفن فقد حان فراق القوة النووية القوية لشقيقتيها، فقد حدث تضخم كوني أُسي، وانخفضت الحرارة بعامل يقدر بمئة ألف، لقد بدأ عصر المادة لقد ظهرت الجسيمات الأولية لقد نشأت الكوركات[27] ومضاداتها، تلتها الليبتونات[28] لقد بدأ عصر تكون

---

[27]- الكوارك quark هو وحدة بناء النيترونات والبروتونات وغيرها، وهي أصغر ما تم رصده إلى يومنا هذا، حيث تم ذلك على مستوى قياس10^{-19} متر ولم نجد أي مؤشر على وجود بنية هيكلية مكونة لها،و لها 6 أنواع وتسمى بالنكهات وهي: العلوي up، السفليdown، الساحر charm، الغريبstrange، القمي top، والقعريbottom

[28] - لبتون) بالإنجليزية(lepton : هو جسيم أولي ومكون أساسي للمادة. وأشهر اللبتونات المعروفة هو الالكترون والذي يحكم عمليات الكيمياء كلها لأنه موجود في أغلفة الذرات وترتبط به الخصائص الكيميائية كلها. وتوجد فئتين أساسيتين للبتونات: المشحونة منها (وتعرف أيضا بلبتونات شبيه-الإلكترون)، ومحايدة (المشهورة باسم نيترينو). ويمكن للبتونات المشحونة أن تندمج مع جسيمات أخرى لتكوين جسيمات مركبة مثل الذرات و ذرة الميونيوم الغريبة و بوزيترونيوم ، بينما النيترينو فهو ضعيف التفاعل مع المادة فهو نادرا الرصد. هناك ست أنواع من اللبتونات وتعرف باسم النكهات وتكون ثلاثة أجيال، الجيل الأول الإلكترون ونترينو، الجيل الثاني ميوون وميو نيترينو، والجيل الثالث التاوون والتاوون نيتريونو. كتلة الإلكترونات هي أقل كتلة في اللبتونات المشحونة. أما الأثقل فهي الميونات (وتسمى أحيانا ميو ميزون وكتلتها تصل 200 كتلة إلكترون) . ويسمى التاوون أحيانا "تاو ميزون " وهو أثقل من الإلكترون نحو 300 مرة. وينتقل التاوون بسرعة إلى إلكترون خلال عملية تحلل جسيم: وهي عملية انتقال من حالة كتلة أعلى إلى حالة كتلة أدنى، وبالتالي تكون الإلكترونات مستقرة وهي أغلب

الجسيمات دون الذرية. بحر متلاطم الأمواج من الجسيمات الأولية الكل يصطدم ببعضهم، تقابل المادة مضادتها فتتلاشي مكونة طاقة من أشعة جاما[29] عالية القوة. عمليات طحن ضروس انتهت بتكوين بعض من النيترونات[30] والبروتونات[31] وأخواتهم، وبعض من الألكترونات[32].

اللبتونات المشحونة في الفضاء الكوني، في حين يمكن إنتاج الميوون والتاوون فقط عند اصطدام الجسيمات ذات الطاقة العالية (مثل تلك التي تنتج من الأشعة الكونية والاصطدامات التي تُدرس في معجلات الجسيمات).

29 -أشعة جاما عبارة عن أشعة كهرومغناطيسية، تم اكتشافها عام 1900، على يد العالم الفرنسي فيلارد، وهي تنتج عن التفاعلات النووية، وينتج عن هذا التفاعل بعض المواد المشعة، مثل اليورانيوم. وتتميز هذه الأشعة بسرعتها الفائقة، والتي تزيد تقريبًا عن سرعة الضوء، حيث أنها قادرة على النفاذ أكثر من الأشعة السينية والأشعة الفوق بنفسجية، وتعد من الأشعة الضارة التي تحمل آثار سلبية على الكائنات الحية، حيث أنها قادرة على تدمير الخلايا تمامًا. كما أن أشعة جاما تستطيع اختراق جسم الإنسان، وتعمل على تدمير الخلايا الحية وموتها، حيث أن أشعتها تصطدم بجزيئات الوسط التي تمر فيه، وتحللها إلى أيونات موجبة ، وأخرى سالبة، لذلك تعرف بـ "الأشعة المؤينة."

30 - النيوترون جسيم تحت ذري كان يظن في بادئ الأمر أنه جسيم أولي (لا يتكون من جسيمات أصغر) ولكن تبين فيما بعد خطأ هذا الاعتقاد، كتلته تساوي تقريباً كتلة البروتون، يوجد في أنوية الذرات، كما يمكن أن يوجد خارجها حيث يدعى بالنيوترون الحر. النيوترون الحر غير مستقر له متوسط عمر قدره حوالي 886 ثانية (حوالي 15 دقيقة)، حيث يتحلل بعد هذه الفترة القصيرة إلى بروتون وإلكترون. ولأن النيوترونات غير مشحونة يجعل من الصعب كشفها أو التحكم بها، الأمر الذي أدى لتأخر اكتشافها. فقد اكتشفها عالم الفيزياء حامل جائزة نوبل "جيمس شادويك." كما أن النيوترونات الحرة (الإشعاعات النيوترونية) لها قدرتها العالية على النفاذ في المواد. الطريقة الوحيدة لتغيير مسار النيوترون هي بوضع نواة في مساره، حيث يتم تصادم تام المرونة. لكن احتمال اصطدام نيوترون حر متحرك بنواة إحدى الذرات في المادة ضعيف جداً بسبب الفرق الهائل بين حجم

مر الوقت وبدأت البرودة تحل في الكون لقد توقفت عمليات تكوين الجسيمات دون الذرية من أجزائها أي الكوركات والتي بدأت في التلاشي.

النيوترون والنواة، علماً بأن نواة الذرة أصغر كثيرا جدا من حجم الذرة (أي أن الذرة تحوي فراغاً كبيراً)، مما يعطي النيوترونات قدرة كبيرة على الاختراق. تستخدم النيوترونات في شطر أنوية اليورانيوم في المفاعلات النووية.وينتج عند انشطار نواة اليورانيوم نيوترونين في المتوسط، تتفاعل هي الأخرى مع نوايا يورانيوم أخرى، بهذا تتزايد النيوترونات وكذلك معدل الانشطار يزداد بما يسمى التفاعل المتسلسل. وفي المفاعل النووي توجد مواد لامتصاص النيوترونات الزائدة بحيث يبقى التفاعل متوازناً، ونستطيع بذلك إنتاج الطاقة عن طريق المفاعلات الذرية أو النووية.

[31]-البُرُوْتُون Proton في فيزياء الجسيمات، وكان يظن في بادئ الأمر أنه جسيم أولي (لا يتكون من جسيمات أصغر) ولكن تبين فيما بعد عدم صحة هذا الزعم، والبروتون من مكونات الذرة وله شحنة كهربية موجبة مقدارها 1.6×10^{-19} كولوم، تعادل تماما الشحنة التي يحملها الإلكترون إلا أن الإلكترون شحنته سالبة، وكتلة البروتون ما يقارب 1800 ضعف كتلة الإلكترون.

[32] - الإلكترون electron أو الكهرب هو جسيم دون ذري رمزه: ‎-e)‎ هو جسيم دون ذري كروي الشكل تقريباً مكون للذرة ويحمل شحنة كهربائية سالبة. ولم يكن من المعروف بأن لديها مكونات أو جسيمات أصغر، لذا فقد اعتبرت بأنها جسيمات أولية. فالإلكترون لديه كتلة تعادل تقريبًا 1836/1 من كتلة البروتون . تحيط الإلكترونات بالنواة المتكونة من بروتونات ونيترونات في شكل ترتيب إلكتروني. تم استحداث كلمة إلكترون في عام 1894 وتم اشتقاقها من المصطلح " Electric " كهربي والذي يساوي أصله الإغريقى كلمة عنبر، والذي كان يمكن الحصول على شحنة إلكتروستاتيكية منه عند مسحه بقطعة قماش. ويرجع المقطع الأخير "ون" إلى أنه يتشارك في معظم الجسيمات تحت الذرية التي استخدمت في كلمة أيون، ولأن له شحنة كهربية سالبة. فأنه عندما يتحرك يولد تيارا كهربيا. ونظرا لأن الإلكترونات الموجودة في الذرة تحدد الطريقة التي تتفاعل بها الذرة مع الذرات الأخرى, فإنها تساهم بشدة في الخواص الكيميائية للعناصر وبذلك تلعب دورا رئيسيا في الكيمياء .

ولم يعد هناك معنى للمادة المضادة، تزامنًا مع انفصال القوة النووية الضعيفة عن القوة الكهرومغناطيسية.

لقد استقلت الشقيقات الأربعة، وشقت كل منهما طريقها في الحياة. الكون يبرد ويتسع بثبات أكثر، لقد تعلم كيف يسير بعد عصور من الحبو والتعثر، لقد بدأ عصر تكون الذرات لقد ظهر الهيدروجين لأول مرة بنظائره الثلاثة، تلاه الهيليوم.

إننا نتجه نحو عصر المجرات[33] والمستعرات[34] والمجموعات الشمسية[35] بثبات.

---

[33] - المجرة Galaxy هي تجمعات هائلة الحجم تحتوي على مليارات النجوم والكواكب والأقمار والكويكبات والنيازك، وتحتوي كذلك على غبار كوني ومادة مظلمة، وبقايا نجمية، وتتخللها مجالات مغناطيسية مروعة، تتراوح أحجام المجرات وأعداد النجوم فيها بين بضعة آلاف في المجرات القزمة، إلى مائة ترليون نجم في المجرات العملاقة، وكلها باختلاف أحجامها تتخذ من مركز ثقل المجرة مداراً لها. وتُصنف المجرات بناءً على شكلها المرئي إلى ثلاث فئات رئيسة هي: الإهليجية، والحلزونية، وغير المنتظمة. يُعتقد أن الكثير من المجرات تحوي ثقباً أسوداً هائلاً في نواتها النشطة، ودرب التبانة مثال على ذلك لوجود الثقب الأسود الهائل المسمى بـ«الرامي أ» في مركزها، وهو ذو كتلة أكبر من كتلة شمسنا بأربعة ملايين مرة

[34] - النجم المستعر Nova أو النجم المتجدد التألق أو النجم المتفجر أو النوفا هو انفجار نووي كارثي سببه تراكم الهيدروجين على سطح نجم قزم أبيض. ويجب التفريق بين المستعرات والمستعرات العظمى .المستعر نجم ينفجر ويقذف كميات هائلة من الغاز والغبار في الفضاء. وأثناء الانفجار، يصبح المستعر أسطع من الشمس بعشرة آلاف إلى مائة ألف مرة. وقد يلمع المستعر بمثل هذا السطوع لمدة شهر أو أطول قبل أن يخبو تدريجيًا إلى سطوعه الأصلي. وكان الناس في الماضي يعتقدون خطأ أن المستعر نجم جديد. تصل بعض النجوم المستعرة وتدعى المستعرة السريعة، إلى أقصى سطوع لها بعد عدة ساعات من انفجارها، وتبدأ في الخبو بعد أيام قليلة. وهناك نجوم مستعرة أخرى، تدعى المستعرة البطيئة، تستغرق وقتًا

٨

لقد مر ثلاثة مئة ألف عام على الانفجار العظيم، إننا في حقبة إعادة الاندماج، لقد أصبح الكون يموج بذرات الهيدروجين والهليوم غير المؤينة التي تستطيع امتصاص الضوء، وسط شلالات الطاقة التي لا تزال تتدفق منذ أن انفجرت المفردة، لم تتكون المجرات بعد، ولا ضوء إننا في حقبة مظلمة.

أطول بكثير كى تصل إلى أقصى سطوع لها. ومع ذلك، فإنها تبقى ساطعة بشكل كبير لأشهر أو حتى سنوات، قبل أن تخبو إلى سطوعها الأصلي. وتنفث النجوم المستعرة السريعة الغاز والغبار إلى الخارج بسرعة عدة آلاف من الكيلومترات في الثانية، وتفعل النجوم المستعرة البطيئة الشيء نفسه ولكن بسرعة تبلغ عُشْرَ ذلك.ويعتقد الفلكيون بأن النجوم التي تصبح نجومًا مستعرة، تكون نجومًا ثنائية متقاربة. والنجم الثنائي المتقارب، هو نظام نجمي ثنائي يدور فيه نجمان حول بعضهما عن قرب ولكي يتكون المستعر، يجب أن يكون أحد النجمين متوسط الحجم، والآخر نجمًا صغيرًا، شديد الكثافة يدعى القزم الأبيض. ويكون النجمان قريبين جدًا من بعضهما لدرجة أن قوة جاذبية القزم الأبيض تسحب المادة الغنية بالهيدروجين من النجم الأكبر حجمًا. وتتجمع هذه المادة على القزم الأبيض، وفي آخر الأمر تحدث تفاعلات تسمّى الاندماج النووي. وفي مثل هذه التفاعلات، تتحد أنوية الهيدروجين بعضها ببعض لتكون أنوية الهيليوم، وتنطلق كمية كبيرة من الطاقة. وتصبح التفاعلات في وقت قصير عملية بالغة السرعة، مما ينتج عنها انفجار نجم المستعر.

35 - النظام الشمسي أو المجموعة الشمسية أو المنظومة الشمسية هي النظام الكوكبي الذي يتكون من نجم(شمس) وجميع ما يَدور حولها من أجرام ويَشمل النظام الشمسي الكواكب وأجراماً أخرى أصغر حجماً هي الكواكب القزمة والكويكبات والنيازك والمذنبات، إضافة إلى سحابة رقيقة من الغاز والغبار تعرف بالوسط بين الكوكبي. تدور أيضا حول النجم ولكن بشكل غير مباشر، توابع الكواكب التي تسمى الأقمار الطبيعية

ها قد بدأت الذرات تقترب من بعضها البعض، وتتجمع وتتكاثف على هيئة دوامات كبيرة، لقد بدأت تتحدد إننا بصدد مشاهدة مولد المجرات البدائية.

إن السدم[36] المكون من الهيدروجين والهليوم التي تتسع لعدة ملايين من السنوات الضوئية بدأت تنهار على نفسها وتنسحق، لتكون نجومها المختلفة الأحجام والأنواع. هذه النجوم التي تعرف بالنوع الثالث الغنية جدًا بالهيدروجين والهليوم الفقيرة للغاية بالعناصر الأقل. إن لعامل الحجم دور حاسم في نوع النجوم الوليدة، فكلما زاد الحجم، كلما زاد احتراق الوقود الداخلي من الهيدروجين، وتحولت إلى مستعرات ومستعرات عظمى أو ما يعرف بالنوفا والسوبر نوفا، تلك النجوم التي سرقت لب الفلكيين القدماء من شدة ضيائها وسطوعها، وجن الشعراء في وصفها، فقد استحوذت على أبصارهم من فرط تألقها. تلك المصانع العظمى المكونة العناصر الثقيلة في الكون حيث تعمل على دمج ذرات الهيدروجين والهليوم بنظائرهما المختلفة لتكون العناصر الثقيلة حتى الحديد بنظائرها المستقرة والمشعة.

- عزيزتي هل لازلتِ تستمتعين برحلتنا؟!

---

36 -السَدِيْم (الجمع: سُدُم) في الفلك، هي أجرام سماوية ذات مظهر منتشر غير منتظم مكون من غاز متخلخل من الهيدروجين والهيليوم وغبار كوني. ويدرس الفلكيون السدم عن طريق دراسة الوسط البين نجمي وبصفة خاصة بين نجوم مجرتنا

أرجو ذلك، فأنا سعيدة بكوني مرشدتك في أقرب الرحلات لقلبي.

- هل تعرفين كم مر على كوننا الآن من السنين؟

كلا، يا عزيزتي. لقد مر مليار سنة هاهي ذا عناصر المجرات الأساسية شكلت، هاهي ذي العناقيد المغلقة الشبيهة بالعنب المكونة من نجوم مختلفة الأحجام والأنواع. في مركز المجردة هناك ثقب أسود بالغ الضخامة كمارد عملاق يبتلع كل شيء يقترب منه، ينظم نمو المجرة واتساعها، ونشأة المواد الجديدة بها، أنه الأمبراطور هنا يأمر فيطاع. أترين تلك المجرات الحلزونية، ستجدين انتفاخ كروي شديد اللمعان إنه حوصلتها التي تحتوي عدد ضخم من النجوم من النوع الثاني الفقيرة بالمعادن، والغبار الكوني. لا تفزعي من تلك الانفجارات النجمية التي تحيط بنا، إنها مصانع إنتاج النجوم يا عزيزتي.

دعينا نسافر لملياري عام تجاه المستقبل، ها قد استقرت المادة المتراكمة في قرص المجرة الذي نشأ عن الحركة الدورانية للمجرة. وقد خرجت أذرع المجرة من هذا القرص، الذي لا زال مستمر في امتصاص المجرات القزمة والسحب فائقة السرعة. لقد نجحت المعادن والعناصر الثقيلة في تخطي مخاضها الصعب، وبدأت الكواكب في الظهور لأول مرة مع دورات ولادة وموت النجوم داخل المجرة.

لا ترتجفي يا حبيبتي، ولا تجزعي. تعالِ إلى جواري، إنها مجرد تفاعلات بين المجرات. إنها تصطدم ببعضها لتندمج. أجل إن المشهد شديد الرهبة، يكاد يوقف القلوب هلعًا، ولكننا بأمان هنا، فنحن نري الأحداث كمشاهد يجلس على الإطار المرجعي، فكما تنص قواعد الرياضيات، فإن الإطار المرجعي لا يتأثر ولا يشارك بالأحداث. يبدو أنكِ بحاجة لبعض الراحة لالتقاط الأنفاس والإجابة عن أسئلتك. هيا بنا يا عزيزتي.

٩

يبدو هذا المكان مناسب لالتقاط الأنفاس، وإجابة الأسئلة التي تدور في رأسك.

- **أين نحن؟**

سؤال لطيف للغاية. نحن ما نزال في الإطار المرجعي، ولكننا في نقطة هادئة بين المجرات ممتلئة بالغبار الكوني الذي يحتاج لأعمار تفوق تصورك لتتجمع مكونة نجم ما.

- **هل لايزال الكون يتمدد ويتسع ؟، وما دليلك؟**

دعيني أخبرك أن سرعة توسع الكون تسير في مجال حرج للغاية، فلو توسع بشكل أبطأ بقليل جداً عن السرعة الحالية، لتوجه نحو الانهيار الداخلي بسبب قوة الجاذبية، ولو كانت هذه السرعة أكثر بكثير عن السرعة الحالية، لتناثرت مادة الكون وتشتت الكون، ولو كانت سرعة الانفجار تختلف عن السرعة الحالية بمقدار جزء من مليار جزء، لكان هذا كافياً للإخلال بالتوازن الضروري، لذا فالانفجار الكبير ليس انفجارا اعتيادياً بل عملية محسوبة جيداً ومنظمة من جميع الأوجه.

إن الكون يتسع بدالة أسية[37] ذات ثلاثة احتمالات اعتمادًا على الكتلة الحرجة للكون، فإن كانت كتلة المادة في الكون

---

[37] - هي واحدةٌ من أكثر الدوال أهميةً في الرياضيات. تُستخدم للدلالة على علاقةٍ يتغير وفقها متغيرٌ مستقلٌ بطريقةٍ ثابتةٍ، كما التغير النسبي للمتغير التابع، وغالبًا ما تُكتب exp(x)، ويعتمد عليها في الفيزياء والكيمياء والهندسة والبيولوجيا الرياضية والاقتصاد والرياضيات. تتميز الدوال الاسية عن بقية الدوال بوجود الأس أو القوة

أقل منها ظل يتوسع إلى الأبد حتى يموت من البرودة، وإن كان مساويًا لها، فإنه يتمدد بمعدل أبطء ولكن سيموت من التجميد كسابقه، أما إن كان أكبر من الكتلة الحرجة فإنه سيظل يتمدد لفترة، ثم يعود ينكمش ويسحق مجراته ويتجه نحو المفردة ليعود إليها، ثم ينفجر مرة أخرى وهكذا، أي أنه سيموت الكون حراريًا.

دليلي على اتساعه هو تأثير الانزياح الأحمر أو ما يعرف فيزيائيًا بتأثير دوبلر[38]، وفلكيًا بقانون هابل[39]، فعند مراقبة المجرات نجد ضوؤها يسير في اتجاه اللون الأحمر، أي يبتعد عنا. أعتقد أن كلامي هذا عسير الفهم، فلنشبه حركة النجوم بحركة سيارة إسعاف تطلق زمورها، وتضئ أنوارها، فإن كانت تسير نحوك صار الصوت أكثر علوًا والضوء أشد وضوحًا، وإن سارت مبتعدة قلت حدة الصوت وخفت ضوؤها، يبدو أن هذا أيسر على الفهم؟

(Exponents)؛ وهي المتغير ذاته، وهذا ما يخالف بقية الدوال، حيث يكون المتغير هو الأساس والقوة هي رقمًا. يمكن استخدام الدوال الاسية في مجالاتٍ كثيرةٍ كحساب الفائدة المركبة في التعاملات المالية، ومعادلات النمو السكاني، والاضمحلال الإشعاعي.

38 - ظاهرة دوبلر أو تأثير دوبلرDoppler effect هو تغير ظاهري للتردد أو الطول الموجي للأمواج عندما ترصد من قبل مراقب متحرك بالنسبة للمصدر الموجي..يُفترض ثبات المشاهد حتى يستطيع رصد التغير في الطول الموجي للموجات القادمة إليه من المصدر (صوتي أو ضوئي)، وعلى أساسها يستطيع تحديد عما إذا كان الجسم مقترباً أم مبتعداً

39 - قانون هابل في الفلك (بالإنجليزية:Hubble's law) هو قانون في علم الكون ينص على أن السرعة التي تبتعد بها مجرة من المجرات عنا تتناسب تناسبا طرديا مع المسافة بينها وبين الأرض.

جيد، فلنكمل. وعند تحليل الضوء القادم من المجرات لمعرفة هل تسير نحونا، أم بعيدًا عنا؟، فإن كان تحليل الضوء ينزاح تجاه اللون الأحمر، فهي تسير مبتعدة، وإن كان ينزاح تجاه اللون الأزرق، فهي تقترب مننا.

- تتسألين لما عندما تبتعد تسير نحو الضوء الأحمر؟، والعكس يقابله اللون الأزرق؟

يا عزيزتي من المعروف أن اللون الأزرق أعلى طاقة من اللون الأحمر، ونحن اتفقنا إذا بعدت خفت الضوء لذا سيكون الانزياح تجاه اللون الأحمر، أما إذا اقتربت اشتد الضوء لذا سيكون الانزياح تجاه اللون الأزرق.

- أى السيناريوهات الثلاث سيتحقق؟

سؤال محبب لنفسي كثيرًا. شكرًا لكِ لطرحك إياه. سنحاول أن نصل إلى الإجابة معًا. فعليًا أن كتلة المادة المضيئة أقل من المادة الحرجة. هذا سيدفعك للاعتقاد بأن السيناريو الأول هو الذي سيتحقق. لا تتسرعي، فقد نسيتي المادة المظلمة التي تزيد مجتمعة معها عن الكتلة الحرجة، أي أن السيناريو الثالث هو الذي سيتحقق يا عزيزتي.

- هذا يقودنا للسؤال الهام ما هي المادة المظلمة؟

10

المادة المظلمة سيدة الكون بلا منازع، فهي تساوي أكثر من خمسة أضعاف المادة المضيئة، وإذا جمعت مع الطاقة المظلمة ما يزيد على خمسة وتسعين بالمئة من إجمالي الكون، فإن لم تكن هي السيدة، فمن تكون؟. لقد احتلت عرش السيادة دون مجهود، ولكن عن جدارة.

الظلام يعرفه العوام بالعتمة، هو أن يطلى كل شيء بالسواد. لا بصيص ضوء يهرب لينيرها. من يجرؤ على تدنيس الظلام المقدس؟

المادة المظلمة لا ترى، فهي لا تبعث ولا تمتص الضوء أو أي شعاع كهرومغناطيسي، إنما يدل عليها تأثير جاذبيتها على المادة المضيئة، وسرعة دوران المجرات خاصة حول نفسه، وتوزيع الحرارة للغازات داخلها.

تتكون من جسيمات دون ذرية ثقيلة خاصة تتفاعل من خلال الجاذبية بشكل أساسي وأحيانا بالقوة النووية الضعيفة. لقد كان لها دور عظيم في نشأة النجوم في البدايات الأولى للكون، حيث كانت تتكون من ما يعرف بالنيترونات العقيمة[40] التي عند اضمحلالها تساعد في تسريع تكون الهيدروجين.

---

40 - معروفة أيضا بالنيوترونات اليمينية، وبأنها لا تشارك في التفاعلات الضعيفة مباشرة، ولكنها تتفاعل من خلال خلطها مع النيوترونات العادية.إن العدد الكلي للنيوترونات العقيمة غير واضح

نظرًا لكونها غير مشحونة فإن تأثيرها على المادة المضيئة ضعيف للغاية، حتى أن المادة المظلمة التي تخترق جسدك طوال الوقت لا تشعر بها، ولكن يمكن أن نرى تأثيرًا واضحًا لها عند اصطدام جزأين منها، فإنهما يولدان إلكترونا ومضاده بوزيترون، اللذين يسهل قياسهما.

- والآن يا عزيزتي ما رأيك في رحلة تقربك من عالمنا نحن؟ لنعرف لماذا صحبتك في تلك الذكريات؟

العدد القادم
سبع أراضي

عبر عن رأيك

اذكر اسم أكثر شخصية أعجبتك في هذا العدد ولماذا؟

اذكر اسم أكثر شخصية لم تعجبك في هذا العدد ولماذا؟

اقترح موضوعات تحب أن تقرأها في الأعداد القادمة لسلسلة أكوان للخيال العلمي.

قم بمسح هذا الكود لتراسلنا بهذه الصفحة بعد تصويرها من خلال واتس آب الدار